GRITO

GODOFREDO DE OLIVEIRA NETO

GRITO

1ª edição

EDITORA RECORD
RIO DE JANEIRO • SÃO PAULO
2016

CIP-BRASIL. CATALOGAÇÃO NA PUBLICAÇÃO
SINDICATO NACIONAL DOS EDITORES DE LIVROS, RJ

O47g
Oliveira Neto, Godofredo de
Grito / Godofredo de Oliveira Neto. – 1ª ed. –
Rio de Janeiro: Record, 2016.

ISBN 978-85-01-10701-5

1. Romance brasileiro. I. Título.

15-28494
CDD: 869.93
CDU: 821.134.3(81)-3

Copyright © Godofredo de Oliveira Neto, 2016.

Todos os direitos reservados. Proibida a reprodução, armazenamento ou transmissão de partes deste livro, através de quaisquer meios, sem prévia autorização por escrito.

Texto revisado segundo o novo Acordo Ortográfico da Língua Portuguesa.

Direitos exclusivos desta edição reservados pela
EDITORA RECORD LTDA.
Rua Argentina, 171 – Rio de Janeiro, RJ – 20921-380 – Tel.: (21) 2585-2000.

Impresso no Brasil

ISBN 978-85-01-10701-5

Seja um leitor preferencial Record.
Cadastre-se e receba informações sobre
nossos lançamentos e nossas promoções.

EDITORA AFILIADA

Atendimento e venda direta ao leitor:
mdireto@record.com.br ou (21) 2585-2002.

Dedico-me sobretudo aos gnomos, anões,
sílfides e ninfas que me habitam a vida. (...)
Dedico-me à tempestade de Beethoven.
À vibração das cores neutras de Bach.
A Chopin que me amolece os ossos.
A Stravinsky que me espantou e
com quem voei em fogo.

(Clarice Lispector, *A hora da estrela*)

Para
Aimoré Seixas dos Campos
Salles de Mesquita Ávila

Primeiro Ato

Ele diz se tratar do grito que sua irmã gêmea não conseguiu dar no nascimento. Nasceu morta. Se chamaria Ifigênia de Sá Sintra. E isso liberta ele. Depois virou um costume; e a cada situação profissional nova Fausto solta o grito engasgado na garganta da gêmea. Meio tétrico eu também sempre achei, mas tudo bem, ele agora ri às gargalhadas. É grito de alegria. Um grito diferente. Parece mais um choro misturado com risada alta. Dá para sentir que o choro foi aos poucos perdendo espaço para o riso, e apenas no comecinho, e só para os que o conhecem de perto, detecta-se o pranto.

Como eu já vi de tudo nos meus mais de sessenta anos de carreira teatral representando personagens de toda ordem, indo de loucos e pirados a heróis invencíveis e a ciumentos assassinos, como já vi de tudo, não me causou surpresa esse cacoete dele. Fausto é um bom menino. E, depois, aquela pele luzidia, de um negro que a gente não vê pelas ruas do Rio; esse contraste com os olhos cor de mel; as tranças afro sempre cuidadas; o nariz puxando a mãe índia do Pantanal, segundo ele; o cabelo do pai iorubá, também segundo ele, e o corpo, ai, moça, o corpo. Esguio como uma araucária das montanhas de Teresópolis, puro músculo, mas magro, muito magro, esse corpo, gente, todo mundo endoidece. Meninas e meninos.

Fausto é um ator nato, acho que é por isso que gosta tanto de mim e eu dele. Ele me ensinou a mexer na internet. Só não tenho celular. O meu quebrou. Também escrevemos peças juntos.

Galeria de arte. Pintor em pé, com as mãos cruzadas atrás do corpo. Visitante de vestido preto, longo. Quadro abstrato na parede.

PINTOR

Os meus quadros não reproduzem o que vejo. Pinto em outra dimensão.

VISITANTE

Então eu vejo uma pintura, um outro espectador enxerga um quadro diferente, é isso?

PINTOR

Cada um vê o seu mundo, minha senhora.

A mulher lança um vidro inteiro de tinta vermelha na tela.

VISITANTE

Agora então está do meu jeito, meu caro artista.

Seguranças da galeria de arte imobilizam com violência a espectadora. Grupo de jovens armados de barras de ferro irrompe aos berros. Há luta corporal. Vitrines se estilhaçam.

Pensamos, Fausto e eu, desenvolver esse texto. O desfecho da história será a morte do artista. Sou eu que dou as ideias, mas ele é quem me inspira. Me baseio em peças trabalhadas em cena durante décadas.

Fausto traz alegria diariamente para este apartamentozinho pequeno onde vivo com os meus personagens passados e presentes, imaginados e recriados todas as noites depois de um cálice de vinho por recomendação do médico.

Vó, tia, professora e irmãzinha. Fausto foi me tratando nessa ordem desde que chegou. Agora é só irmãzinha. Irmãzinha, assim, irmãzinha, de forma afetuosa e querida. Ele é um rapaz educado e fascinante. Interpreto o tratamento como sendo irmã de teatro. Às vezes cola o rosto no meu, pega o espelho aí da mesinha, e a gente se admira tal agradecêssemos à plateia. Os meus ralos cabelos lisos e a minha brancura enrugada, que até a mim assustam, contrastam com a pele negra exalando saúde e juventude. Essa composição de tons mexe com a estrutura afetiva da gente. Até me envergonho um pouco da dentadura amarelada pertinho da alvura dos dentes dele. Todo mundo acha o Fausto um rapaz lindo, não sou só eu.

O seu conjugado — o meu é quarto e sala — fica no terceiro andar. Foi alugado sem fiador de uma bonitona dona de quinze apartamentos no prédio. Já imagino como o Fausto conseguiu essa façanha. E digo mais: se fosse homem, Fausto também teria conseguido esse tratamento especial. Sempre que penso nisso me vejo meio enciumada, de mau humor. Sem ele eu não conseguiria viver. Todas as noites Fausto vem conversar comigo. Tenho cerveja da sua marca preferida na geladeira. Ele não bebe vinho.

As apresentações teatrais a gente faz na sua quitinete. Vou até o elevador arrastando as pernas e com o coração batendo descompassado, como quando a gente vai assistir a um espetáculo. Do sexto andar ao terceiro, pareço uma criança. Volta a minha energia perdida, o sangue corre com força pelo corpo todo, dá vontade de voar. Toco a campainha do trezentos e dezoito e ouço passos vindo até a porta. Não sei se desmaio ou finjo naturalidade. É o meu ator preferido a entrar no palco. Fausto de Sá Sintra.

— Oi, irmãzinha, chegou na hora certa. Sete horas em ponto. Deixa eu dar um beijo longo nesse rostinho branco.

— Eu não ia chegar atrasada à sessão, meu anjo.

Sento na cadeira de vime e passo das lágrimas ao riso, do medo à aflição, do conforto do espectador refestelado na poltrona à angústia do ator em cena. Fausto também treme ao dar início às apresentações. Abre os braços e entoa "bem-vinda, generosa plateia". Ele está muitas vezes sem camisa. Anda de um lado para o outro e repete:

— Bem-vinda ao extraordinário mundo do teatro, distinta plateia.

Às vezes ele põe, como pano de fundo das peças, músicas de agora, canções populares, MPB e ópera. Esta última é indicação minha. Ele quer aprender e se cultivar, acho isso muito importante. Quer vencer na arte. Para uma veterana do mundo teatral como eu, é extremamente gratificante ver um jovem buscando na arte um sentido para a vida. Queria que isso acontecesse com mais frequência no mundo de hoje.

As peças são reproduções de histórias vivenciadas por ele mesmo, cenas passadas nos empregos, com personagens variadas. Aqueles empregos anunciados com seu grito de vitória. No início pensei que fosse vitória por conseguir o trabalho, mas era a proclamação da arte, uma nova peça se descortinava diante do ator. O grito funciona como a campainha anunciando o início do espetáculo. A última foi a do cinema inferninho do Centro da cidade, o Cine Hot Love. Ele usou nessa peça o revólver guardado na gaveta da cômoda de fórmica logo na entrada do apartamento. Enfiou seis balas de verdade na arma. A verossimilhança se tornava maior. Ele sabia. Nós sabíamos. Fiquei paralisada na cadeira.

Fausto ganhou o revólver de uma delegada de polícia do Espírito Santo em visita à família no Rio, moradores aqui mesmo na Nossa Senhora de Copacabana, pertinho do nosso prédio. Uma tal de Ana Francisca. Cruzei com ela algumas vezes saindo ou entrando no prédio quando eu ia à padaria ou ao mercado. Nunca fui com a cara dela. Passei uma descompostura na sirigaita e ameacei até fazer uma denúncia aos seus superiores.

Cena de rua. Duas mulheres discutem na calçada. Roda de curiosos. A mulher idosa dirige-se à mais jovem.

MULHER IDOSA

Você não tem vergonha na cara? Uma mulher da sua idade assediando um garoto de dezenove anos?

MULHER JOVEM

Dezenove já é maior, minha senhora, e ele tem quase vinte. E a senhora está se dirigindo a uma autoridade.

MULHER IDOSA

Que autoridade?

MULHER JOVEM

Sou policial militar.

MULHER IDOSA

E onde está o uniforme?

MULHER JOVEM

Estou de férias.

MULHER IDOSA

Conheço o comandante-geral da PM do Rio, o pai dele morou comigo no Retiro dos Artistas em Jacarepaguá, vou averiguar quem é você.

MULHER JOVEM

Minha corporação é do estado do Espírito Santo. E só não dou voz de prisão à senhora por conta da sua idade.

MULHER IDOSA

Pois agora a senhora me paga. Venham ver, senhoras e senhores, ouçam meu grito, a pecadora desavergonhada é paga pela população para manter a ordem e a decência e caça meninos para sua alcova viciosa.

A policial vira-se para o círculo de curiosos. O trânsito se adensa. Um carro, com quatro homens no interior, para no meio-fio e dirige palavrões às duas mulheres.

OCUPANTE DO CARRO

Aí, suas vacas velhas. Porrada nelas.

O carro arranca com violência, cantando pneus. A policial se aproxima dos curiosos.

MULHER JOVEM

Não escutem essa senhora idosa. Tenho pena dela, está senil. Alguém, por favor, pode ir comprar um remédio para ela na farmácia?

A mulher que morou no Retiro dos Artistas responde em alta voz, irritada.

MULHER IDOSA

Senil é a senhora, que não consegue segurar suas pulsões e seus desejos mais vulgares. Que abraça o império dos sentidos, e trocou a razão pelos braços do diabo.

Alguém do público fala com a mão tentando ocultar a boca.

HOMEM DO PÚBLICO

Pela fala da velha, as duas são doidas. Ninguém fala desse jeito.

MULHER IDOSA

Eu, apesar da minha idade avançada, estou de posse de minhas faculdades mentais, a senhora é uma sem-vergonha. Pessoas assim deveriam ser banidas da sociedade.

MULHER JOVEM

E a senhora, internada num asilo psiquiátrico.

Surge um guarda municipal.

GUARDA

O que que houve aqui, minhas senhoras?

MULHER IDOSA

Essa criatura passou dos limites éticos e morais, insinua-se para um jovem morador. Que seja presa.

Irmão da policial surge. Parece conhecer o guarda.

IRMÃO DA POLICIAL

Seu guarda, queria lhe falar a sós. Essa senhora é minha irmã.

MULHER IDOSA

Veja esta faca, senhor guarda. Eu, uma senhora de oitenta e dois anos, olhando para essa cidadã que se diz policial e ouvindo esses rumores, vem-me a vontade de bradar, ó jubiloso punhal, eis aqui a tua guarida!

Entrada na cena de rua de um jovem de terno. Distribui folhetos religiosos e inicia pregação.

JOVEM DE TERNO

Afastem de si o prazer e a ânsia de poder. O pecador que se aliar ao diabo em sã consciência será terrivelmente castigado por Deus. A liberdade de escolha na vida não admite passar recibo ao diabo. Vade retro, Satanás. Aleluia.

Senhora empurrando carrinho de bebê se aproxima voluntariosa.

SENHORA DO CARRINHO

Mulher atrás de rapaz novo é o que a gente mais vê por aí. Uma vergonha.

Resposta irônica de um senhor muito gordo, observando a cena de braços cruzados ao peito.

SENHOR GORDO

Agora, com remédios libidinosos, o amor recebeu o apoio dos laboratórios. É a ciência a serviço do pecado.

O pipoqueiro da esquina, de quem a idosa é freguesa, se mete na conversa.

PIPOQUEIRO

O que que aconteceu, Dona Eugênia?

O guarda demonstra impaciência.

GUARDA

O pipoqueiro não tem nada a ver com o ocorrido, afaste-se da cena ou será multado por vender pipoca na rua sem alvará.

O grupo se aproxima da policial com palavras de baixo calão. A agente saca a arma.

MULHER JOVEM (policial)

Não se aproximem de mim.

Conversa ao pé do ouvido entre o irmão da policial e o guarda. O pipoqueiro se afasta devagar resmungando.

PIPOQUEIRO

Não sei o que tanto cochicham, melhor mesmo voltar às minhas pipocas.

Dona Eugênia faz menção de se apunhalar.

MULHER IDOSA (Dona Eugênia)

Penetra-me, ó punhal, e me deixa morrer.

Provavelmente essa frase, minha tradução livre do *Romeu e Julieta* que já tinha encenado algumas vezes, não foi entendida, mas a verdade é que soou uma enorme vaia quando a policial saiu às pressas da calçada tornada palco por alguns minutos. Ela teve tempo de pronunciar "louca", "Alzheimer", "velha maluca" meio baixinho olhando para mim, mas não dei importância. Ela nunca mais apareceu e consta que sua família se mudou para Botafogo. Mas o revólver ficou. A policial deve ter subido ao trezentos e dezoito, do Fausto, uma última vez e lhe presenteado com um revólver. Não sei se é o mesmo da cena na calçada.

Fausto pediu desculpas depois pela atitude da autoridade militar do Espírito Santo — que "só conhece de papo e há pouco tempo" — e me deu um daqueles abraços longos, afetuosos e quentes que tanto conforto e paz me trazem. Relevei o "só conhece de papo e há pouco tempo", mentirinha de rapaz jovem e inseguro. Sei de quem ele realmente gosta e a quem respeita de verdade. Ele aproveitou para me contar uma história de escolhas na vida, variante de uma que eu já lhe havia contado. Não ligo se ele me copia, até gosto.

Uma senhora, segundo ele, encharcada de culpa após ter atropelado um mendigo na calçada com o carro de último tipo, resolveu doar roupas para a população pobre. Mas devia fazer uma análise de quem era mais pobre e sofria mais, quem padecia de doenças mais dolorosas. A mulher, com essa decisão, deu início a uma descida aos infernos. Casos de mutilação, de fome na infância levando a deformações mentais e físicas eram sopesados e anotados num caderninho. Segundo Fausto, a mulher acabou enlouquecendo e desapareceu. Ele leu essa notícia em um jornal e pensamos em como encenar esse acontecimento. Fábio, quero dizer, Fausto chorou quando descreveu a mulher aos gritos:

Fausto numa praça do Rio de Janeiro. Olha para três mendigos sentados na calçada. Repete em voz alta os balbucios dos mendigos.

FAUSTO (*aponta o dedo para um homem de barba*)

Não, você não é pobre o suficiente, cavalheiro, busco uma pessoa mais pobre.

FAUSTO (*aponta um guarda-chuva para uma mulher com feridas pelo corpo*)

Tem gente com doenças piores que a tua, minha senhora, tem gente com lepra, aids, sífilis, doença degenerativa nos músculos e por aí afora.

FAUSTO (*dirige-se a uma adolescente com roupas esfarrapadas e descalça*)

Essas pontadas são menos doloridas que o sofrimento daquele homem sentado lá na calçada, minha jovem, deixa de ser mentirosa, nem está doendo tanto assim.

A seleção diabólica durou dias e dias. A notícia foi se espalhando e logo dezenas e dezenas de pessoas vinham expor seus males à senhora de posses que buscava auxiliar o maior sofredor do bairro. Um menino de cerca de dez anos, sem os braços e sem as pernas, acabou o escolhido. As roupas, e parece que também uma soma em dinheiro, foram encaminhadas à sua casa na favela Santa Marta, em Botafogo.

Após relatar e encenar trechos dessa história extravagante, Fausto enxugou o rosto, não sei se eram lágrimas ou suor, e voltou à sua cena da vida.

— Nós, ainda bem, não precisamos fazer escolhas diabólicas, minha deusa do teatro. Você é minha irmãzinha. A minha única amiga de verdade.

Tenho poucos amigos. Restam alguns da época da minha vida profissional que estiveram comigo depois no Retiro dos Artistas. Consegui comprar este apartamento com uma pequena herança do meu marido, falecido há alguns anos. Família não tenho nenhuma, apenas uma velha prima que mora em Manaus e a quem não vejo há trinta anos. Por isso o Fausto também é tão importante para mim. Tenho este único imóvel, os meus livros sobre teatro e alguns de psicologia do meu saudoso marido, e a minha memória artística. Essa nunca perdi. Sou capaz de repetir tiradas inteiras de peças de teatro em que atuei. Mas mesmo assim o neurologista receitou medicação para a senilidade.

Segundo Ato

Mas voltando à cena do Cine Hot Love, moça.

Espectador agitado na última fila da sala do cinema. Recriminações e palavrões vindos da plateia.

RAPAZ COM BONÉ

Cala a boca, seu maluco. Aqui não é motel.

SENHOR DE TERNO

Vai procurar as suas parceiras, seu ordinário.

RAPAZ COM PERUCA LOIRA DESARRUMADA

Respeita a gente.

As reclamações se transformam em vozerio destrambelhado.

RAPAZ COM BONÉ

Deixa a gente ver o filme, você aí da poltrona dos fundos, oh cara.

A plateia silencia com a exibição de cena mais tórrida na tela. O espectador solitário da última fila volta a manifestar em voz alta seus fetiches. Entra na sala um funcionário do cinema.

FUNCIONÁRIO

Não pode externar alto assim seus desejos e prazeres, senhor.

ESPECTADOR DA ÚLTIMA FILA

Não pode por quê?

FUNCIONÁRIO

Porque é proibido, são normas da casa.

ESPECTADOR DA ÚLTIMA FILA

Casa? Você chama isso aqui de casa? Com essa pornografia toda na tela?

FUNCIONÁRIO

Peço que fale baixo, senhor, está atrapalhando os outros espectadores.

ESPECTADOR DA ÚLTIMA FILA

Não vou falar baixo coisa nenhuma. Você vem me passar lição de moral num antro de baixarias deste? E tira essa porcaria de lanterna da minha cara!

Chegada às pressas de outro funcionário, muito jovem, com uniforme do cinema Cine Hot Love. Nome Alexandre Augusto no crachá. Frase em tom autoritário.

ALEXANDRE AUGUSTO

A gerência pede que o senhor se retire imediatamente.

O homem se enfurece.

ESPECTADOR DA ÚLTIMA FILA

Nossa tarefa não é esperar que uma verdade aconteça. Nossa tarefa é descobrir novas verdades. E eu estou conhecendo novas verdades no meu corpo e na minha mente. Me deixem em paz.

Luzes acesas. Reclamações na plateia. Um senhor franzino, de cabelos brancos, se enerva.

SENHOR FRANZINO

Você está achando o quê? A liberdade é a mesma para todos. Não tenho obrigação nenhuma de participar dos seus prazeres, meu chapa.

Espectador de terno preto se aproxima do homem franzino.

ESPECTADOR DE TERNO PRETO

Liberdade nunca é demais, meu senhor.

SENHOR FRANZINO

Não é quando só faz cócega. Quero ver quando incomoda para valer, como é o caso.

Intervenção de Alexandre Augusto, demonstrando indignação.

ALEXANDRE AUGUSTO

Cair de bruços no colo do mal não é liberdade.

ESPECTADOR DA ÚLTIMA FILA (ainda sem roupa, sentado na cadeira de madeira)

Então é o quê?

Alguém lhe traz uma toalha de mesa e joga sobre seu corpo nu.

ALEXANDRE AUGUSTO

É puro egoísmo e ignorância da existência de limites. Liberdade e o mal não combinam.

O homem, embrulhado na toalha, reage, enquanto tenta enfiar as roupas deixadas no chão.

ESPECTADOR DA ÚLTIMA FILA

Vão para o inferno, seus bobalhões.

Chega reforço policial. Soldado saca o revólver. O homem, já vestido, é levado algemado.

Terceiro Ato

O Fausto representa todos os personagens, inclusive impostou a voz para dizer as frases dirigidas ao diretor e ao cenarista virtual na peça do cineminha. São dele aquelas frases indicando quem fala, quem responde etc. Me contou ter descoberto que o espectador saidinho e acometido de priapismo era um famoso ator de teatro desempregado, daí a frase de uma peça conhecida, *Rasga coração*, do Vianninha. Estaria com a razão abalada pela falta de dinheiro, segundo consta.

A história do Cine Hot Love ainda rendeu. Fausto inventou um texto surreal passado num cinema. Um senhor assistia a um filme policial. Houve um crime. Na mesma hora se deu um assassinato no shopping do cinema. O espectador acompanhava com atenção a busca para identificar o autor do crime no filme. Ele sabia que a suspeição da polícia ia para a pessoa errada. O verdadeiro assassino não era o rapaz da comunidade, engraxate no Centro. Mas sim a namorada do morto. De repente o espectador do filme foi arrancado da sala pela polícia. Se ele era capaz de descobrir o verdadeiro assassino no filme, também podia informar quem eram os assassinos do relojoeiro do shopping. A surpresa do espectador será igual à do leitor ou espectador da peça: polícia lendo pensamento das pessoas. A história era um absurdo, mas fiquei de criar um texto que desse conta da situação. Devo ter aí numa dessas gavetas o rascunho da peça que escrevi, ou melhor, escrevemos, Fausto e eu, sobre essa cena de teatro do absurdo. A gente espera um dia encenar a peça inteira. Queremos também encenar peça de Augusto Boal.

O tal do Alexandre Augusto se tornou amigo muito íntimo do Fausto. Sempre acontece assim, exatamente nessa ordem: grito pelo novo emprego, não mais do que três dias nesse novo trabalho, pedido de demissão e cultivo de fortes laços de amizade com alguém da empresa de três dias. Alexandre visita o Fausto com frequência, já vi os dois saindo do prédio e o porteiro me passou informações. Não que eu dê muita importância, mas não gosto dessas amizades do Fausto, assim rápidas e de aparência profunda. Esse tipo de coisa nunca dá certo. E depois a gente não sabe quem tais pessoas bem lá no fundo realmente são. Vai que sejam aventureiros, ladrões, golpistas ou mesmo assassinos? Vasculhei pelas redes sociais a vida desse Alexandre Augusto. Um rapaz me deu detalhes. Ele é de Palmas, no Tocantins. Foi criado pela avó. O pai foi encontrado esfaqueado quando o Alexandre Augusto tinha seis anos. Segundo o meu informante, o irmão mais velho dele foi o assassino. Quis defender a mãe, ameaçada de morte pelo pai após a descoberta de terríveis histórias de adultério. A família é toda cheia de traumas. Horrível. Daí o meu medo desse relacionamento entre o Fausto e o Alexandre Augusto.

Penso que os amigos criados por Fausto no ambiente efêmero de trabalho vêm com o propósito de preencher a solidão. Vizinhos já ouviram sua voz grandiloquente representando outra pessoa, como se estivesse conversando com amigos. No fundo, ele só tem a mim como amiga e cúmplice da sua arte.
Ele me explica sempre que o artista cênico leva grande vantagem sobre todo mundo porque desempenha uma gama enorme de papéis — pode ser botânico, operário, patrão, advogado, médico, engenheiro, escritor, bandido, herói, e me diz isso como se eu não soubesse. Tal variação fascina ele.
— E, no entanto, a gente se vê obrigado pela sociedade a encontrar uma via profissional coerente e permanente — lamenta. — Quero ser tudo e todos ao mesmo tempo! E vou ser.
O rosto dele se ilumina quando afirma essas coisas.
— Vou ter poder, dinheiro, reconhecimento — costuma dizer com um grande sorriso.
São esses os planos de vida do Fausto.
Tenho o que Fausto admira: a artista que já desempenhou centenas e centenas de personagens diferentes. A glória a que ele vai chegar. Nos dias atuais está

até mais fácil essa pluralidade de gostos e ideologias. O tal sujeito fragmentado. Um eu construído com mil pedacinhos. Tenho lido a respeito nos livros mais recentes sobre teatro. Até as correntes artísticas desapareceram. Ganhou o estilo individual, mas composto de vários personagens. Egocêntrico, orgulhoso e competitivo. E a questão da identidade, o must na minha geração, perdeu força. Quando me meto a dar ao Fausto alguma explicação meio teórica — lembranças da minha licenciatura na antiga Faculdade Nacional de Filosofia e do meu curso de teatro na Martins Pena —, ele sai como se tivesse esquecido alguma coisa no apartamento. Nessas noites não volta.

Quarto Ato

— E a foto da modelo?

A foto da modelo na passarela? Foi quando Fausto trabalhou como assistente de auxiliar numa agência de modelos. Ele ajudava as meninas na troca rápida de roupas antes de entrar na passarela. Também durou pouco na empresa. O grito de praxe anunciando o novo emprego não faltou. Mas teve, dessa vez, um adjetivo dirigido a mim.

— Lindaaaaaaa!

O grito repetia, só mais estridente, o emitido nos bastidores da mostra da coleção de moda. Acompanhava o empurrãozinho incentivador nas costas das manequins quando davam os primeiros passos em direção ao desfile. A encenação de um texto escrito a partir dessa experiência se deu aqui em casa mesmo. O seu pequeno apartamento como espaço cênico leva o Fausto a atuar de uma maneira, quando é aqui em casa, sai diferente. Já notei. Tenho lido algo sobre teatro e ambiente, de pesquisadores americanos.

Eu já tinha atuado em uma peça em que fazia uma menina tipo boneca desejada por todos, uma boneca passeando despreocupada pelas ruas de uma cidade grande. Em cada esquina os homens me faziam propostas e elogios.

VENDEDOR DE LOTERIA

Está sozinha, moça?

HOMEM COM UMA PASTA DE COURO

Beleza em forma de mulher.

SURFISTA

Rainha da formosura.

MOTORISTA DE TÁXI

Quer passear no parque?

Enfim, esses chavões machistas ouvidos pelas mulheres por aí. O diretor fez questão de deixar esses clichês como estavam no texto original. Da metade para o fim, a peça se transformava em um musical tipo Broadway. A boneca descia as escadas com pouca roupa e plumas de todas as cores, com um prato de frutas à cabeça à la Carmen Miranda. Os homens que haviam lançado os galanteios apareciam dançando com cara de surpresa diante da falsa boneca. Em certos passos da dança eu lhes espetava o salto do sapato no peito nu. Não foi uma peça muito intelectual, mas fiquei conhecida no Brasil inteiro. Fui capa das revistas mais importantes do Rio de Janeiro e de São Paulo.

Fausto trouxe roupas de grife já usadas, ofertadas pela agência. Me pediu, com olhos doces e fraternos, que vestisse o conjunto rosa. Elogiou o meu corpo, disse que parecia uma adolescente. Não acreditei acreditando. Se foi ironia, foi ironia boazinha. O vestido ainda está aí no armário. Ele se aproximou e me ajudou a tirar a saia plissada e a blusa de seda que uso para os nossos encontros artísticos.

— As manequins não usam nada por baixo para não marcar o corpo.

Essa frase dita por ele com toda a naturalidade me surpreendeu, claro, não vou negar. Fui até o quarto e voltei sem nada por baixo, como ele tinha sugerido. Desfilei, se é que se pode chamar aquilo de desfile, dando voltas aqui mesmo nesta salinha. Fausto como plateia. Ele fazia também o papel de diretor da peça.

FAUSTO

Agradece com a cabeça.

Agradeci com estilo.

FAUSTO

Põe a mão na cintura.

Não me foi difícil apertar a cintura com as mãos em pose já repetida um milhão de vezes.

FAUSTO

Dá uma volta.

As circunvoluções, que sabia fazer como ninguém, me foram mais difíceis, mas consegui.

FAUSTO

Levanta um pouco o vestido com a mão direita.

Levantei a leve fazenda até a metade da coxa direita, não sei se foi demais. Fausto olhou em tom de desaprovação. Mas não disse nada.

FAUSTO

Finge enviar um beijo para alguém conhecido no público.

Lembrei da peça *Hoje avental, amanhã luva*, do Machado, em que, após a réplica de Durval, me cabia dizer "Acredito", e enviava beijos para a plateia. Estávamos em cartaz num teatro de Niterói.

DURVAL (*sentando-se*)

Talvez queiras fazer crer que Sofia é alguma fruta passada, ou joia esquecida no fundo da gaveta por não estar em moda. Estás enganada. Acabo de vê-la; acho-lhe ainda o mesmo rosto: vinte e oito anos apenas.

ROSINHA

Acredito.

Machado de Assis me agarra sempre, não tem como ficar indiferente. E se tem uma coisa em que me considero ainda em forma é a memória. De Machado sei de cor trechos enormes. É verdade que sai automaticamente, não paro para pensar. O meu neurologista já deu explicações a respeito.

Os aplausos singularizados de Fausto a cada rodopiada ou envio de beijos transformavam-se em ovação nos meus ouvidos, o público de pé saudando a musa encantadora.

— Ele demonstrava desejo?

Se ele demonstrava alguma excitação sexual? Não, penso que não. Seu fetiche são as personagens extraídas do seu real, do qual tira sempre grande prazer. O grito ao anunciar seu novo emprego é prenúncio de prazer e êxtase. De arte. De satisfação intensa.

Ele tem se queixado da luz aqui da sala onde ensaiamos as peças. Aquele abajur ali em cima da prateleira do alto apaga e acende deste interruptor. Botamos uma extensão até a tomada da parede. Os gestos do meu ator mudam em função desse apaga-acende. O pequeno holofote lá da esquerda também é manejado daqui do sofá mesmo. Isso quando a gente ensaia no seiscentos e dois. Já no trezentos e dezoito é mais complicado porque o apartamento é menor. Mas dá-se um jeito. Tem um holofote igualzinho a esse aí em cima do armário. As tiradas mais retóricas são ditas debaixo da luz. Fausto caminha de um lado para o outro no pequeno palco. Ele pretende instalar uma iluminação profissional no seu apartamento, apesar da exiguidade da sala. A voz do Fausto é extraordinária, algo fundamental para o teatro. A linguagem dramática exige certas qualidades. Ele fica lindo quando a luz do holofote incide sobre seu rosto. Quase chorei quando ele recitou a resposta de Iago, do *Otelo*, do Shakespeare, ao personagem Rodrigo: "O amor é mera lascívia do sangue e simples complacência do desejo." O Hildebrando, meu falecido marido, costumava repetir essa frase, mas dita pelo Fausto a exclamação ganha uma dramaticidade impressionante. O espaço do trezentos e dezoito vira poesia.

Quinto Ato

Nesse dia do meu desfile de moda teve um buzinaço intenso na Avenida Nossa Senhora de Copacabana. Fausto dava ordens em voz alta, quase gritando. Fizemos um intervalo. Ele serviu chá e biscoitinho. Conhece meus gostos. Fomos para a janela. A avenida estava tomada de carros de uma ponta à outra. Uma ambulância tentava, aos berros, encontrar espaço entre as fileiras de veículos. Um barulho infernal. A fumaça dos escapamentos entrava aqui no seiscentos e dois sem pedir licença.

Fechamos as janelas. O calor se tornou insuportável. O pequeno ventilador não dava conta do abafamento. Fausto foi ao banheiro e voltou só de sunga de praia, roupa que usava por baixo da bermuda. Eu não sentia tanto calor. Dizem que velhos são friorentos. Hoje meu apartamento e o do Fausto têm ar-refrigerado. Foi um presente que lhe dei pelo seu aniversário. Sempre que posso dou um dinheiro retirado da minha pensão de artista. Praticamente todo mês. Continuamos o espetáculo assim mesmo, no calor.

Do vestido rosa passamos para trajes femininos de dormir. Camisolas curtinhas e camisetas compridas transparentes e sexy. Ele próprio retirou meu vestido aqui na sala mesmo e colocou uma camisola azul clarinha.

— Corpo cheiroso, hein?

Foi a única observação dele. Sentiu o cheiro de talco e do meu perfume francês, a mesma marca há sessenta anos. Naquela hora até vislumbrei um brilho diferente nos seus olhos e uma saliva mais insistente ganhando sem parar sua garganta.

— Também sentiu alguma coisa?

Se senti algum desejo? Na minha idade não sei se se pode chamar bem assim, o erotismo vai ficando para trás. Mas pensamentos ambíguos passaram pela minha cabeça, sim. Eu com oitenta e dois anos com um menino de dezenove? Quase vinte, ainda me desculpei na alma, relembrando da policial. Foi pensamento, mas que meu corpo tremeu, tremeu. Não sei se ele viu.

Continuei o desfile para meu espectador solitário, metonímia de um teatro imenso e vibrante. Ainda vesti mais dois trajes do mesmo tipo. Fausto evitava olhar para minhas partes mais íntimas, mas eu sentia que às vezes ele se demorava um pouco demais na arrumação de um babado ou de uma costura meio enviesada que demandava endireitamento. Desfilei, tal Galateia nascendo dos cinzéis manejados pelo Pigmalião negro, para um público extasiado e fremente mas com os olhos voltados só para meu criador. Talvez embriagada pelos eflúvios e pelo girar do desfile, corri para o banheiro e me tranquei até ouvir a porta do apartamento se fechando. Fausto deixou os trajes sobre o sofá. Senti vergonha. Me olhei no espelho, me vi recitando Molière:

TARTUFO

Os amores que nos unem às belezas eternas não sufocam os amores efêmeros.

ORGON

O que acabo de ouvir, ó céus, é crível?

TARTUFO

É, meu irmão, sou perverso, culpado, um infeliz pecador cheio de iniquidades, o maior criminoso que a Terra já produziu.

Sonhei a noite toda, nem sei se dormi mesmo. Antes li alguns trechos dos livros do meu marido. Revi fotos do casamento, da lua de mel em Caxambu, nós dois de braços dados no Cassino da Urca.

"Amor eterno. Penso em você sempre. Estaremos juntos na Terra e no céu." A frase está escrita embaixo de uma das fotos com a assinatura Hildebrando a caneta-tinteiro. A foto foi tirada um pouco antes de ele morrer.

O porteiro me disse esses dias que a policial do Espírito Santo, a do revólver, que me chamou de maluca, foi considerada heroína porque conseguiu desarmar quatro assaltantes de uma farmácia no Leme. Deve andar ainda aqui pelo bairro. E o porteiro teve o prazer de me lembrar o nome dela, Ana Francisca. Me dá engulhos. Aquela safada ainda vai aparecer na televisão como grande dama. Agora vê! Não fez mais do que sua obrigação. E os quatro bandidinhos não devem ser de nada por se deixarem dominar por uma sirigaita daquelas.

Sexto Ato

Sempre em silêncio. Um diálogo com olhares. Só olhares azuis e negros. As tranças alouradas esparramadas nas costas desnudas. Silêncio. O grampo que as retinha serviria como punhal.
— A vida é minha, faço o que quiser.
O pensamento feito léxico interrompeu bruscamente a troca cromática, o azulado silencioso penetrado pelo negro incisivo reagia, mesclava-se, embaralhava-se, quão confundidas lhe iam a respiração, o peito, o chão e os sentimentos. Fugir, não. Jogar na cara da família, tampouco. O grampo longo e pontudo de peroba do campo encarnando-se devagar entre as costelas do lado do coração. A cena imaginada diante de um Sérgio petrificado traria paz e sossego à Adelaide?

Essa longa e dramática apresentação oral com os personagens Sérgio e Adelaide, estilo novela radiofônica dos anos quarenta, sairia no alto-falante do teatro antes do início da nossa nova peça caso um dia fosse levada a um teatro profissional. O vozeirão do alto-falante abria a cena seguido de uma música a escolher. De preferência ópera. Fausto tinha pensado nesse cenário. Esse tipo de abertura não se faz mais.

O cenário e as personagens, refletindo a época e o espaço, substituíram a abertura triunfal. Uma muito conhecida é a da peça *Egmont*, do Goethe, com música de Beethoven. Fausto me ouviu falar a respeito e quis fazer parecido. Não gostei muito, achei meio retrô demais. Mas ele disse ter pensado, sim, em teatro de épocas passadas. E fica difícil resistir a ele.

— Você lendo textos dramáticos é sempre garantia de emoção, minha irmãzinha.

Fausto gosta de agradar com frases desse tipo. E quem não gosta de ser elogiado?

Ele me mostrou uma foto da Adelaide de verdade no celular, atriz imaginada por ele para desempenhar o papel da protagonista. Chama-se Adelita, seu nome de batismo. Vi imensos olhos azuis saltando da foto no aparelho. O outro personagem, Sérgio, seria um negro. Imagino que ele mesmo, caso a peça fosse encenada em algum teatro da cidade, como já disse.

— E foi?

Se foi? Não foi, nem nunca será. Nós dois sabíamos muito bem. Fausto e eu nos bastamos.

O texto abordava conflitos de amor na adolescência, as coisas clássicas, vontade de se matar, fugas bombásticas, briga com a família. Muito lugar-comum na minha opinião. O espaço onde se passaria a cena era uma casa no interior do Brasil, perto de uma área deserta e perigosa. Atravessar o sertão nos braços do seu amante ou se suicidar. Essa era a liberdade de escolha.

Propus que esse deserto fosse o Liso do Sussuarão, imortalizado por Guimarães Rosa no *Grande sertão: veredas*. Pelo menos abria outras frentes de interesse. Fausto não concordou, dizendo que o nome do espaço geográfico era o menos importante. Valiam mais os problemas da relação entre os dois apaixonados e as respectivas famílias. Nisso ele tinha razão, mas não vi como dar jeito num script tão pobrezinho.

As minhas ponderações acabaram por ter algum resultado. Fausto aceitou que o espaço fosse o *Mahagonny*, do Brecht, de que ele nunca tinha ouvido falar. Sua cultura é ainda bastante rala, mas como é jovem com ganas de aprender, tem grandes possibilidades de crescimento. Abandonou o deserto mortífero e optou por um deserto à beira-mar, onde os problemas e o verdadeiro perigo e a real ameaça são os seres humanos. São eles que avinagram o amor e o prazer. Ali poderia ser ambientada a trama de maneira mais coerente. Vai me apresentar a peça no fim do mês, segundo disse. O teatro será, como sempre, seu apartamento; e eu, de novo, a plateia. Demos o nome de Sala Ifigênia de Sá Sintra ao nosso espaço cênico. Quero só ver o que vai sair como texto.

Adelita é que, na minha opinião, foi o verdadeiro problema. Ficou caidinha pelo Fausto. Também já veio visitar o príncipe negro — é assim que, segundo ele, Adelita o chama. Eles se conheceram numa empresa de turismo. Ritual do grito, anúncio de novo trabalho, beijo intenso no meu rosto, felicidade por uma nova obra. O emprego dessa vez foi algo folclórico. A Adelita, pelo que vi na internet, já esteve enrolada em negócio de droga. Não exatamente ela, mas o sujeito com quem andava. Ela é de Campos dos Goytacazes. Seu ex-namorado está preso até hoje. Ela retomou os estudos e até melhorou de vida. Os pais são funcionários públicos da prefeitura de Campos, já aposentados. E você não vai acreditar: ela tem onze irmãos, são doze filhos com ela. Uma escadinha, vi uma foto no Facebook. Um namorado anterior também esteve envolvido com o mundo do crime. Ela parece gostar de gente assim. É bem verdade que tem muita mentira nas redes sociais. Perfis falsos, identidade trocada e por aí afora. O Fausto me contou que a mãe de um amigo dele diminuiu em vinte anos a idade. De quarenta passou para vinte. As redes sociais, de certa maneira, acabam por fazer algo parecido com a catarse provocada pelo teatro. Dá para purgar um pouco as paixões.

— De onde sai tanta análise?

— De onde sai tanta análise sobre teatro? Da vida, minha filha, da vida. Décadas atuando, pensando e ouvindo gente boa em discussões sobre a arte dramática. Experiências de vida, minha filha, experiências de vida.

Mas como disse há pouco, falando da Adelita, o novo emprego do Fausto dessa vez foi algo folclórico.

Sétimo Ato

Uma empresa de turismo argentina estava recrutando guias para acompanhar excursões de caças autorizadas pelas autoridades para restabelecer o equilíbrio ecológico na região das Missões argentina, fronteira com o Brasil. Uma nova espécie de javali, cruzamento do porco doméstico com javali argentino, milhares e milhares deles, estava dizimando as plantações de soja e de milho de toda a região, inclusive do lado brasileiro. Numa só noite varas desembestadas desses porcos selvagens destruíam dezenas e dezenas de hectares. Uma praga terrível. Como acabar com eles? Organizando caçadas. Fausto entrou aqui no primeiro dia imitando tiros, até o vizinho do seiscentos e três abriu a porta para ver o que estava acontecendo.

A empresa passa vídeos de caçadas ao longo do dia para os candidatos, além de curso de logística ambiental e sobre armas. Fausto contou que algumas cenas eram aterrorizantes. Os javalis, acuados, atacam os cães caçadores, e em algumas cenas vê-se o cão com as tripas de fora urrando de dor. As presas dos javalis são afiadas e imensas. Os instrutores da empresa têm toda uma arcada dentária desses animais tronando como um troféu na mesa das aulas.

Os animais são abatidos a tiros e, caso não estejam mortos, a tarefa é finalizada com um punhal na jugular. Enfim, uma carnificina. Fausto chegou naquele dia com a camisa toda manchada de tinta imitando sangue. Os instrutores da empresa argentina chegavam a esse ponto, buscando verossimilhança. Davam-se tiros uns nos outros com um tipo de espingarda de brinquedo que lança tinta. Todos os candidatos são incentivados pelos instrutores a imaginar paletas e barrigas peludas e guinchos horríveis. Se o guia tivesse medo, não poderia acompanhar os turistas-caçadores. Fausto não foi classificado. O teste psicotécnico acusou sensação de medo.

Adelita também levou bomba. Os dois, disse ele, foram para um bar de Copacabana e gargalharam a noite inteira pensando na alegria ofertada pelo destino: escaparam daquele emprego horrível e construíram uma amizade muito forte graças aos javalis argentinos. Imaginei Fausto e Adelita em beijos tórridos molhados de cerveja quente.

Essas meninas novas são atiradas e inconsequentes. A filha da vizinha aqui do apartamento do lado namora um monte de rapazes, um por dia. Chega tardíssimo, às vezes cambaleando. Uma noite bateu na minha porta sem querer. Abri assustada e dei de cara com ela tentando abrir a fechadura.

— Você está no apartamento errado, Lucinha.

— Ah, desculpa, Dona Eugênia. Estou meio cega.

Atrás dela estava um rapagão que se sentiu na obrigação de dizer alguma coisa.

— Eu quis trazer a Lucinha em casa, ela não está muito bem.

Cheiravam loucamente a álcool.

— Tudo bem, menina. Durma bem.

E sabe quantos anos a Lucinha tem, minha filha? Dezesseis. A mãe chega a chorar quando me conta as escapadas da filha.

Continuei imaginando o Fausto com sua amiga de empresa de turismo argentina.

— Hei de conseguir a genialidade, Adelita.

— Temo que com esse prêmio venham a loucura e a solidão, Fausto.

Comecei a imaginar um diálogo desse tipo. Mas é mais prudente recorrer ao Valéry: "E de repente encontro e crio o real. Minha mão se sente tocada tanto quanto ela toca. O real é isso."

É da peça *Meu Fausto*, do Valéry, em que a gente atuou num teatro da Rua Álvaro Alvim, no Centro do Rio. A última cena da noite de Fausto e Adelita deve ter sido na alcova do trezentos e dezoito.

Não é que eu tenha ciúme do Fausto, tenho mais é preocupação. A cidade anda muito violenta. A polícia é mais dura com negros, todo mundo sabe disso.

POLICIAL

Documentos, negão.

FAUSTO

Tenho só a carteira de trabalho.

POLICIAL

Só essa não vale, meu chapa. Entra aí na viatura.

Ele contou que uma cena dessas aconteceu com ele no sábado passado à noite, na Lapa. Teve que ir à delegacia do Catete e ficar lá detido, mofando, até o dia clarear. E não tinha feito absolutamente nada. Então não é ciúme ou sentimento de posse, é zelo pelo bem--estar do meu melhor amigo e meu parceiro artístico. Ele voltou da delegacia de polícia com a cara fechada e ficou de mau humor o dia inteiro. Presenciou briga cruel e furiosa entre presos, prostitutas se arrancando os cabelos, batedores de carteira se acusando mutuamente. Viu um jovem negro sendo covardemente agredido com socos e pontapés por policiais descontrolados. Fausto sentou aí mesmo onde você está e permaneceu calado mais de uma hora. Só levantava para ir até a janela e respirar o ar poluído da Nossa Senhora de Copacabana. Preparei um chá de camomila e biscoitos amanteigados de Petrópolis. Longas mãos de pianista, negras e sedosas, escondiam, em certos momentos, o rosto harmonioso e elegante do grande ator Fausto de Sá Sintra. Sabe como ele saiu deste torpor? Com a proposta de uma peça nova. Acontecimentos ruins e pessoas com reputação diabólica alimentam a sua genialidade. É isso que me assusta no Fausto. Quanto mais ele nega certas lembranças, mais elas aparecem. O teatro faz bem a ele. Ao fim das apresentações ele parece mais aliviado das suas dores. Viveu todas elas através da linguagem dramática.

Oitavo Ato

Fausto foi admitido como caixa numa loja inglesa de sanduíches. O grito saiu com um errezinho retroflexo, como no sudoeste do Brasil. Esse cartaz aí com o ônibus vermelho de dois andares de Londres é por essa razão. A loja era em Ipanema. Entrou aqui um dia falando *good morning*.

— Uma excelente primeira-dama do teatro brasileiro deve saber bem inglês — afirmou, categórico, sem esperar a minha resposta.

Em seguida pôs-se a imitar frases em inglês, mas apenas foneticamente. Não dizia coisa com coisa, as palavras eram inventadas, só uma ou outra em inglês, tipo *night, marmelade, yes, thank you* e por aí.

Conheceu nesse emprego a Dália Cristina. Uma negra alta, de pai marinheiro americano e mãe baiana, cabelo estilo afro, olhos negros enormes e vivos. Linda garota, aluna de Comunicação numa grande universidade particular. Também a vejo de vez em quando rondando o prédio. Deve estar esperando o Fausto.

Certa noite, logo no segundo dia do fast-food britânico, Fausto tocou a campainha. Estava tenso. Os traços crispados. Confessou que uma das suas colegas no novo trabalho, que vem a ser a Dália Cristina, lhe lembrou muito sua irmã gêmea. Ele achava que ela seria parecida com a moça. Sentia-se culpado pela morte da irmã no nascimento. Podia ter sido ele, mas foi ela, por quê?

— Por que a Ifigênia e não eu?

— Isso já passou, Fausto. Agora você tem a mim e à nossa arte.

— Mas será que ela sofreu antes de nascer?

— Não, Fausto, é o que se chama de bebê natimorto.

— Mas fui eu que sufoquei ela no ventre da nossa mãe?

— Não pensa assim. Esquece. Já passou. Pensa em coisas boas. Ifigênia, se estivesse viva, ia ficar muito feliz de ver seu irmão vencendo na carreira artística.

— E ela não pode estar olhando para a gente de algum lugar?

— Pode também, claro. E só pode estar feliz te vendo brilhar.

Não adiantou insistir que ele não tem culpa de nada. Encostou o rosto no meu ombro e chorou como um menino de cinco anos. Soluçava até.

Foi um momento de depressão como nunca vi nele. Ou ele dissimula muito bem, ou foi só aquela vez que a angústia veio. Levei o agora frágil menino até a minha cama, preparei um chá de camomila com bastante açúcar, alisei seu rosto, encostei os lábios na testa úmida, beijei-o carinhosamente na face. Peguei uma toalha de rosto no armarinho do banheiro, enxuguei-lhe a fronte e as lágrimas que escorriam pelos cantos e molhavam o travesseiro. Fausto adormeceu. Deixei-o no escuro, fechei a porta do quarto e liguei a televisão.

O debate era sobre o homem cordial brasileiro, falavam da tese de Sérgio Buarque de Holanda e das análises de Gilberto Freyre. Falavam também de línguas africanas e do português do Brasil, o diálogo era claro; e as divergências, explícitas.

— Há fortes influências de línguas africanas na variante brasileira da língua portuguesa, como por exemplo a queda do "s" no final das palavras, como em "os menino".

— Discordo. Certas construções do português do Brasil, como a queda do "s" que você cita em "os menino", não são influências africanas, vêm da passagem do latim às línguas românicas.

Tive a impressão de que o defensor das influências africanas era preconceituoso. Emitia opiniões fingidas para se fazer de bonzinho e interessante. Que gostava do Brasil negro. Diz uma coisa, pensa o contrário. O outro, não. Era mais honesto e direto. Me lembrei do pacto com o diabo da peça de Goethe. É perigoso pactuar com o mal. Fausto, do Goethe, julga que sua liberdade lhe permite isso. Não sei se ele pensou passar uma rasteira no capeta mais lá na frente. Os debatedores da televisão falaram ainda de culinária e de culturas da Bahia, do Senegal e da Guiné. Deveriam ler o *Doutor Fausto*, do Thomas Mann.

Pena meu Fausto não ter visto o programa. Penso que ele evita esse tema comigo, mas já algumas vezes percebi referências a situações vividas com nítidos e bárbaros atos de discriminação pela sua cor. Seja alguém se levantando do banco do metrô quando ele se senta ao lado, seja uma pessoa segurando com força a pasta ou a bolsa quando ele se aproxima no elevador, ou guardando às pressas o celular quando ele passa na calçada. Já me contou diversas vezes. Fausto ilustra mais a atitude discriminatória da sociedade citando preconceitos em relação às mulheres — o Brasil é um país supermachista, afirma, ou aos gays — a homofobia está presente em toda parte, é dramático e lamentável. Mas não tocou nunca na questão da cor assim tão explicitamente. É como um pudor de falar de si mesmo.

— Por que falar do meu passado?

— Se não quer falar, não fala, Fausto. Perguntei por perguntar.

— Deixa a minha vida em paz.

— Mas você sofreu alguma coisa na infância? Foi molestado ou se arrepende de algum ato cometido?

— Se me quiser como parceiro de teatro eu estou aqui sempre. Mas se pretende me avaliar pelo meu passado, caio fora e você nunca mais vai me ver.

— Então está bem, Fausto. Não vou mais mexer nisso.

Tivemos esse tipo de diálogo uma vez aqui nesta sala, ele tomando cerveja; eu, vinho. Ele amarrou a cara e parecia outro ser. Foi ficando esquisito, diferente. Parecia violento, batia com as mãos no braço da poltrona, uma, duas, três, quatro vezes. Depois se acalmou.

Fausto dormiu quase uma hora. Subitamente abriu a porta tal fugisse de algo perigoso e amedrontador, corria de algum monstro, perguntou o que ele estava fazendo ali, se tinha dormido e por quanto tempo. Estava muito assustado. Só lhe disse que estava cansado e acabou adormecendo no sofá e eu o levei para a cama.

Escancarei a página do livro de arte pousado na mesinha de centro onde paira, soberba, a imagem da *Barca de Don Juan*, de Delacroix, e mostrei para um Fausto acovardado e assombrado. Me lembrei do poema de Byron recitado na minha primeira leitura dramática no início da carreira, no Teatro João Caetano.

Há mais honra em enxugar uma única lágrima
Que derramar pélagos de sangue
E por quê? A primeira nos envaidece
Enquanto a outra, após todos os brados e fragores,
É apenas, excetuado o combate pela liberdade,
O filho da morte e o fruto dos seus caprichos.

Esmerei-me no tom e na gestualidade do poema de Lord Byron. Fausto ouviu quieto, os olhos ainda umedecidos. Olhou para o teto, levantou da cadeira em silêncio e dissolveu-se na porta. Deu para ouvir seu caminhar suave pelo longo corredor até o elevador. Se continuou a pensar em Dália Cristina e sua irmã gêmea, não sei.

— Ele usa drogas?

Se Fausto se droga? Drogas pesadas tenho certeza que não. Mas sinto cheiro de maconha nos primeiros momentos quando entro no seu apartamento. Do que ele gosta mesmo é de cerveja. Toma muito.

— Cerveja me deixa feliz. Esqueço as coisas ruins. E agora, que tenho uma irmãzinha que me ensina teatro, a cerveja aumenta a felicidade — costuma dizer com um largo sorriso.

Como eu poderia pedir que diminuísse a quantidade de cerveja com ele dizendo essas coisas afetuosas?

Mas um dia assisti a uma conversa meio pesada entre Fausto e um cara na calçada em frente à portaria do nosso prédio. O homem exigia dinheiro, falava alto, mas sem violência, como se fizesse questão que todos ouvissem. Restos de aluguel em São João do Meriti, traficante, botequim, conserto de moto, dívida na mercearia. Fausto estava devendo dinheiro. Aluguel, oficina de moto, botequim, mercearia, até aí tudo bem. O traficante é que me inquietou. Nunca consegui descobrir quem era o sujeito que, aparentemente, pagara dívidas contraídas por Fausto e agora exigia ser reembolsado. Dei de presente ao meu ator um cheque com a quantia a que o homem se referira. Fausto agradeceu e forneceu poucas explicações. Só confirmou ter saído da casa em São João do Meriti sem pagar os dois últimos meses de aluguel. Sobre o traficante, nada. Mudez total. Penso que eram as drogas leves que ele, provavelmente, consome até hoje.

— Quem era essa pessoa?

A identidade do homem? Pois é, também não consegui saber até agora, ele tinha as feições muito parecidas com a do Fausto. Ainda vou tentar descobrir.

Nono Ato

Não consegui pegar no sono naquela noite. A morte, cenas de morte, coisas ruins, vêm me torturando todas as madrugadas. Desde o choro do Fausto. Tenho medo que ele possa cometer alguma besteira. Ficar violento, sei lá. Não gosto daquele revólver lá na casa dele. *O triunfo da morte*, o quadro assustador do Bruegel, era o cartaz de uma peça numa adaptação livre de *Antígona* focando mais especialmente a morte. A apresentação da peça, o meu marido trabalhando junto, foi num teatro aqui no Lido, em Copacabana. A luta dos vivos contra as tropas de esqueletos no quadro tem me impedido de pregar o olho. A imagem não sai da minha cabeça. Sinto uma coisa no peito, um aperto. Acho que temo alguma besteira do Fausto, como disse há pouco. Sabe como é, um rapaz jovem, bonito, cortejado e desejado desperta paixões e ciúmes doentios. Devo voltar aos meus comprimidos para dormir, já os tinha abandonado. De ontem para hoje também foi ruim, muito ruim. Tive um pesadelo, aliás, venho tendo sempre.

A sombra do voo rasante do gavião prenunciava uma tragédia. As asas sombrias tremiam sobre o capim raso do pasto. Minha mãe me segurava pela mão. A pastagem castigada pela seca se movia, embaralhava os olhos, ondulava, dava enjoo. As asas do enorme pássaro acompanhavam a ondulação do capim amarelado. O alvo dos movimentos alados surgiu, impotente, na linha de tiro de olhos percucientes e famintos. Um pequeno carneiro perdido, de cor pardacenta e com andar ziguezagueante, logo se transformou num corpo voador sanguinolento transfixado por unhas perfurantes e poderosas.

Começaram a cair na minha frente, desabando dos céus, pedaços de carne e de ossos ainda quentes e vivos. O gavião piava em circunvoluções acima de minha cabeça. Minha mãe desaparecera. Sentia o bico monstruoso do gavião perto da minha nuca. Urrei de pavor. Acordei com a buzina estridente de um caminhão dos bombeiros, ou de uma ambulância, ou da polícia, não sei. Da janela pude ver a Nossa Senhora de Copacabana inteiramente engarrafada. Vi, aqui de cima, o Fausto atravessando a rua por entre os carros. Estava com uma jovem negra. O diálogo imaginado entre mim e ele foi inevitável.

— Cuidado com essas meninas desmioladas, Fausto. Elas não te trazem nem segurança nem afeto. São todas umas interesseiras.

— Mas qual interesse material elas teriam em mim?

— Você tem uma carreira brilhante pela frente e uma parceira fiel. Parceira que te protege, te ensina e te mantém. É isso que incomoda elas. É o que querem destruir.

Fausto deu aquele sorriso sedutor, como se estivesse atrás de mim, aqui na sala. Os dois se enfurnaram pela Rua Hilário de Gouveia e desapareceram.

Por sorte, ou por azar, tocaram a campainha. A vizinha. Dona Anastácia, mãe da Lucinha. O amigo da filha — o que conheci de madrugada, no corredor atrás da Lucinha — vem sendo acometido de surtos psicóticos. Só diz que quer se matar e matar os outros, a família não sabe o que fazer. Ameaça as pessoas com faca, bate em todo mundo. A polícia prende e solta porque alega não estar autorizada a tratar de loucos. Levaram para o Pinel, mas lá também não aceitaram o rapaz. Lotação esgotada, vagas só para o ano seguinte. Outro dia quase foi linchado porque chutava pombos no Largo do Machado. Matou cinco e deixou outros cinco sangrando e se debatendo na praça. A população enfurecida quis fazer o mesmo com ele. Por sorte uma patrulhinha o salvou. Mas não demorou nem dois dias já estava na rua praticando atrocidades. Dava paulada nos cachorros. Quebrou, na Avenida Princesa Isabel, em Copacabana, a coluna de quatro poodles trazidos na guia por um passeador de cães. O passeador amarrou a guia no pescoço do agressor e quase o matava. Os donos dos cachorros estão processando o cara, mas estão também ameaçando a Dona Anastácia e a Lucinha. Justificam dizendo que elas devem saber coisas sobre o rapaz. Querem indenização pelos poodles mortos. Dona Anastácia quis saber se eu conhecia algum advogado para ajudar na causa. A Lucinha está em casa deprimida e não levanta da cama. Nem banho quer tomar. Eu disse a Dona Anastácia que ela não tem que se meter na história, o rapaz é apenas namorado da filha, ele e a família dele que se danem. Ela e a Lucinha não têm nada com isso. Mundo de cabeça para baixo. Ela saiu daqui resmungando. Não sei se a favor ou contra mim.

Quanto à amiga que vi entrando na Rua Hilário de Gouveia com o Fábio, consegui algumas informações, sempre graças ao seu José, o porteiro.

— Fala assobiando, é do sul, acho que de São Paulo, meio atiradinha, não sei o nome — explicou o porteiro.

Daí entendi os últimos cacoetes linguísticos do Fausto. Um sotaque paulista de repente, um "s" sibilante, como a gente aprendia na linguagem dramática. E essas construções "apesar de" sem complemento, repetindo e repetindo. Até o questionei.

— Busco a expressividade, minha deusa do teatro, a expressividade. Minha amiga leu na Clarice e eu aprendi. Por quê? Não pode?

— Pode, meu anjo, pode, mas muito atrapalha.

Tive um diálogo assim com o Fausto uma vez. Tenho medo desse lado dele um pouco maria vai com as outras. E se for aquela que descobri no Facebook, com as poucas informações e a foto, ela é de dar piti. Quebrou um bar inteiro em Bonsucesso num acesso de cólera. Um piti de adolescente drogada. Se for ela, naturalmente. Quero deixar bem claro, posso estar errada!

Décimo Ato

Foi pensando em Nelson Rodrigues e no *Fausto* de Goethe que escrevi uma peça, quase um conto, lida majestosamente por Fausto só para mim na Sala Ifigênia de Sá Sintra. Cheguei a enviar a peça para um concurso, mas o edital estipulava que o autor devia ter menos de vinte anos. Eu a escrevi após a leitura de várias versões do *Fausto* do Goethe. Adaptei o texto livremente e ao meu jeito. Tenho ele aqui impresso.

Fausto me disse ter lido depois o argumento com uma amiga, Leila Mara. Ela fazia o papel da Alice, a protagonista. A amiga adorou a peça, segundo ele. Na minha opinião é mentira dele. Para Fausto de Sá Sintra eu sozinha preencho todo o seu afeto e toda a sua arte.

> *Sala de apartamento com decoração austera. Iluminação branca. Marido e esposa dialogando. Computador sobre a mesa.*

MARIDO

Tenho que acabar a matéria, o deadline é hoje às sete da manhã.

ESPOSA

A vida do Thiago também tem deadline; aliás, nós todos temos.

Homem lê texto no computador em voz alta. Vegetação luxuriante ao fundo.

Essa comparação perversa do prazo do artigo com a vida do nosso filho me exasperou. Alice tinha essas coisas de espetar a gente bem no centro da ferida com agulha enferrujada.
— Essa agulha não vai passar tétano? — perguntei uma vez quando ela futucava com ênfase e vontade a farpa que resistia a sair do meu polegar inchado.
Ela, irônica, respondeu que sim com um gesto da cabeça.
— Família existe para ajudar uns aos outros — repetia ela. — Você sente mais carinho pelo editor do jornal do que por nós. Ou pelo editor ou pelo livro

Werther, você devia ter casado com o Goethe, a gente aqui vem em terceiro lugar, eu e o Thiago nascemos para terceiro lugar, é isso — ela resmungou num domingo à noite, já se preparando para dormir. — Você mesmo disse que já leu esse livro trinta e sete vezes. Não é normal.

Na segunda-feira olhei o Sérgio Marcos Tupinambá, meu chefe no jornal, com certo desdém, quase com raiva. Alice Mariana podia estar certa quanto à ordem de preferência: o editor ou a família? Ela também tinha curso superior tirado em universidade federal, podia ter razão.

— Bom dia, Alain.

— Bom dia, Sérgio Marcos — respondi.

O meu cumprimento saiu arrastado, sem sorriso acompanhando: ele tinha notado?

— Termina a matéria sobre o assassinato do casal de Copacabana no máximo às quatorze horas, Alain, e não esquece do detalhezinho. E obrigado pela outra matéria, chegou na redação às sete em ponto. Só que você me enviou a matéria oito vezes. Pode ter dado um *bug* no seu computador.

Deve ter sido uma punição pelo meu bom-dia, ele sabia muito bem que seria uma loucura escrever o artigo sobre o diabo do casal assassinado no motel de Copacabana em tão pouco tempo. Interessava a ele e ao público a posição do morto, estirado sobre a mulher, com o detalhe exigido pelo redator-chefe.

O reprodutor ainda em posição de garanhão fogoso, prontinho para o ato, macho anatômico, gladiador, soldado romano, jegue do sertão ali, rendido, só o mastro ainda vivo e mais sólido do que nunca à espera de uma bandeira lambuzada de cores, suspiros, orvalhos.

Acabei fazendo a matéria no tempo solicitado. Realcei a imagem do mastro a esperar o hasteamento da bandeira sinestésica. Gostei da imagem, imagem, aliás, chamada pela Alice de clichê.

— Mas o Sérgio Marcos gostou — retruquei.

— Dane-se ele, Alain.

Eu não disse tudo para a Alice, o Sérgio tinha tirado alguns adjetivos.

— Pode parecer igreja barroca do Bonfim, Alain Ademir. Muita reentrância dourada e relevo espelhado acabam atrapalhando a visão do santo. E você me enviou o texto de Copacabana quatro vezes.

O Sérgio usou a referência barroca para impressionar. No fundo, a frase que lhe veio à mente deve ter sido bem mais popular, é muita espuma para pouco chope, desse tipo.

Alice trouxe o assunto do casal de Copacabana no jantar do dia seguinte.

— Parecia uma estátua de sal?

— É, Alice, parecia.

— É gozado, Alain, como você deu pouca importância à mulher pronta para, como você disse, desfraldar a bandeira no mastro negro. Aliás, eu, diga-se, só soube se tratar de um homem negro porque li no jornal concorrente de vocês.

— E que importância tem se ele era negro, branco ou asiático? — perguntei.

— Nenhuma, mas não deu para saber nem na tua matéria nem na do outro uma coisa: a mulher também era negra?

— Não, era branca. Foi só por isso que você se interessou, Alice?

— Não, é que fiquei curiosa, apenas isso, e mais uma perguntinha: ela estava com as pernas abertas?

Daí não aguentei. Levantei da mesa, ela me dirigiu um daqueles palavrões que mobiliavam o seu discurso e a sua vida e, não sei se sem querer, deixou a travessa com macarrão à bolonhesa cair no chão. Mergulhei no laptop até alta madrugada. Alice refugiou-se no computador do quarto e jogou video game também até altas horas. Antes de dormir limpei o chão e empilhei os pratos. A faxineira, que vinha três vezes por semana dar um jeito na casa, lavaria a louça de manhã. Dei um beijo no Thiago adormecido. A dor de cabeça foi violenta naquela noite.

De qualquer maneira, o macarrão estava duro e seco, sempre com pouco molho de tomate, eu prefiro com mais molho, ela não, não foi uma grande perda. Alice não é da Zona Sul do Rio. Macarrão com muito molho de tomate é coisa de Ipanema, diz ela.

A boa cozinha do Rio é só aquela de fonte ibérica, espanhola ou portuguesa, sempre acrescenta com ar de sabichona.

— Os botequins que viram restaurantes guardam um bom sabor, o resto, seja italiano, seja francês ou japonês, é tudo fake, fake e caro, é só para otários como você, Alain — ela costumava dizer.

Numa das vezes ia responder:

— Só porque a tua mãe é cozinheira num botequim parada de caminhoneiros na Avenida Brasil?

Mas me segurei, até porque, no particular, ela estava certa quanto aos restaurantes. E seria baixaria da minha parte, baixaria e preconceito, eu, um defensor da causa dos oprimidos e dos explorados. Não. Não ia me deixar contagiar pela moral burguesa sempre a espreitar a gente. Não ia. Botequim na beira da Avenida Brasil também tem o seu charme.

E outra coisa: Otário, eu? Eu, que às vezes a levava a restaurantes chiques do Leblon e de Ipanema?

— Da Avenida Brasil até Santa Teresa é o trajeto máximo que eu faço, daqui não passo — gabava-se.

Era um custo para fazer ela conhecer outros bairros da Zona Sul. A família morava no andar de cima do botequim, era o tipo de calor humano que alterava para melhor o seu emocional. Mas no verão ela gostava de ir à praia do Leme. Até prezava exibir o corpo bem-feito, branquinho, de gringa, logo transformado em dourado pelo sol, o biquíni minúsculo. Um dia não aguentei e dei um sopapo na sua cara na volta da praia. Não foi a primeira vez. Mas nesse dia ela revidou e me deu um soco no olho. Deu queixa na Delegacia de Mulheres e tudo. Consegui abafar o escândalo. Ninguém na redação do jornal soube. Ainda bem, porque andavam falando que eu não batia bem da cabeça. A mulher do cafezinho veio fofocar.

(— Uma relação bem diferente da existente entre a senhora e o Fausto. E, no entanto, a senhora é a autora do texto.
Vida e arte não se casam, minha filha.)

Eu devia ter descrito a cena do assassinato no motel de Copacabana para Alice Mariana, como foi e pronto: a branquinha estava de pernas fechadas, com as mãos cobrindo seu sexo. O matador liquidou primeiro o rapaz. Ela ficou catatônica com o amante morto em cima, todo ensanguentado. Em seguida, o pistoleiro atirou na mulher. Ela estava com os olhos azuis já sem brilho, mas arregalados de pavor.
(Introduzi na peça cenas de ciúme. Entrou Machado de Assis. Fausto de Sá Sintra Fausto aplaudiu vivamente.)

Décimo Primeiro Ato

Numa sexta-feira de noitinha, eu voltava da redação do jornal, vi Alice com duas amigas numa mesa de bar no Centro da cidade, perto do Teatro Municipal. Hesitei. Ia até a mesa ou seguia para Santa Teresa? Nas sextas normalmente eu chegava lá pelas onze da noite. Tinha conversado sobre Otelo com um colega da seção de cultura do jornal. Shakespeare também não teve a sua arte reconhecida no início. O fato de não empregar as técnicas do classicismo francês nem as formas da Antiguidade grega fazia dele, então, um dramaturgo de segunda linha. Estimei que, no fundo, eu era um tipo de Shakespeare tropical, às vezes autor como ele, às vezes seu personagem, como agora. Magnificente, imponente e maltrapilho.

Reparei nas gargalhadas da Alice com as amigas, vi Bentinho saindo mais cedo do teatro onde fora assistir a Otelo e se deparando, ao chegar em casa no bairro de Santa Teresa, com a Capitu sentada muito pertinho do Escobar no sofá da sala. Será que a Alice costumava sair às escondidas assim? A faxineira ficava com o Thiago às segundas, quartas e sextas. Tinham elas um pacto de fidelidade? E por que Alice estava lendo nos últimos dias o romance *Dom*

Casmurro? O encontro no bar podia ser um álibi. Estava com as amigas. Mas dali ia para a casa do amante passar algumas horinhas na cama com ele. Fui direto para Santa Teresa remoendo o meu rancor. Uma dor de cabeça dos infernos. Thiago me trouxe sossego.

— Alain Ademir, quer parar? — disse ela ao ser questionada, já em casa.

Essa frase e esse tom me irritavam, parecia mãe passando um pito no filhinho. As amigas tinham vindo de São Paulo, estudaram Administração com ela na faculdade, não tinha homem na parada etc.; eu estava pirando etc.; eu só pensava no *Werther* e no jornal etc.; eu era um mau pai, um mau marido etc.; eu era egoísta e machista etc., tinha nítidos traços de louco, devia me tratar, e por aí afora.

— Agora, ainda por cima, está vindo com essa de ciumento, era só o que me faltava. Se é assim, até prefiro te ver puxando o saco do redator-chefe ou lendo o alemãozinho romântico. Você beira o estado de loucura. Notei isso logo depois do nosso casamento.

— Não é alemãozinho romântico, Alice, é o Goethe, um dos maiores escritores da literatura mundial de todos os tempos, já estou na quadragésima primeira leitura, respeita. E não sou puxa-saco.

— E nem tem o que o cara do motel de Copacabana tinha, Alain.

O final desse diálogo foi um palavrão jogado na minha cara. Sobrou um corte profundo na minha autoestima.

— Louco, demente, doente mental. Você tem que ver um psiquiatra o quanto antes. Tua mãe já me disse por telefone que você tem problemas.

O que ela quis dizer com a referência ao sujeito do motel? Depois seguiu-se uma choradeira que potencializava o choro do Thiago e mais um monte de impropérios mexendo até com as figuras sagradas das nossas mães. A nossa relação ia, inexorável, se gangrenando. Como conviver nesse clima? Quando eu exibia um artigo de página inteira assinado por mim na edição de domingo do jornal, Alice revidava logo.

— Você não disse o essencial, a economia não é a única causa da violência, você só usou lugar-comum, só escreveu abobrinhas.

— Abobrinhas, Alice? Abobrinhas? É assim que você enxerga o seu próprio marido?

— Muda a palavra abobrinha então, Alain, você é jornalista.

— O Sérgio Marcos gostou muito — repliquei, sarcástico, como da outra vez.

— Casa com ele, então.

Uma noite, o culpado foi o Thiago. O jornal me oferecera o editorial. Pensa bem: o e-d-i-t-o-r-i-a-l. Era a glória, a metade de baixo da capa de domingo seria sobre os rumos da economia e o futuro da nação brasileira. Eu podia escrever em casa, fui liberado mais cedo para isso. Mas o Thiago berrava tanto naquela noite, que tudo desandou. A gente não sabia se eram cólicas, alergia, assadura. Febre, ele não tinha; leva para o hospital, não leva. Alice também se pôs a berrar e a chorar.

E eu era o culpado de tudo, voltou a história do mau companheiro, mau amante, mau pai, mau tudo. Do editorial eu só tinha escrito a primeira linha. Duas horas para escrever só uma linha! Berro e choro é o que se produzia. E o que se ouvia. Algumas janelas fecharam, espalhafatosas, os vizinhos reagiam. Naquela noite recebi da Alice um cinzeiro na cabeça.

Lembrava a ceia de Natal do ano anterior. Avenida Brasil, andar de cima do Ao Caminhoneiro com Amor — Pratos-Feitos, um calor do cão, a pecha de preconceituoso sempre prestes a sair, gorda e hiperbólica, da boca da Alice quando ela, ao volante, me olhava imóvel nos sinais vermelhos da rua esburacada a caminho da casa dos seus pais.

— Não gosta daqui do bairro, seu sabido?

Os olhos avaros me engoliam. Thiago testemunhava tudo da cadeirinha de bebê no assento traseiro. Sempre com olhos sorridentes e amorosos.

Mais de quinze pessoas, sala cheia. Alice parecia no céu de tanta alegria. Cerveja e caipirinha correndo. Não demorou muito para que dois dos seus primos se estranhassem. Acabaram no tapa, o assunto era futebol. Alice me olhou de longe. Preconceituoso!

A família se dividiu. Metade torcia por um time, a outra metade pelo outro. Se fossem às vias de fato, seria preciso chamar o batalhão de choque. De repente chegou um outro primo, vinha de um churrasco, perdera a hora. Entrou imitando o discurso de um humorista da televisão, todos caíram na gargalhada, se abraçaram. Essas idas e vindas, tal um time de pugilistas num campeonato, aconteceu várias vezes. Em uma delas, quando, aos berros e com caras ameaçadoras, avaliavam redes de televisão, desapareci discretamente. Alice nunca perdoou.

— A sua família lá da periferia de Manaus deve ser uma gracinha: indiozinhos neuróticos e esquizofrênicos devorando um parente assado na grelha! Família de provincianos!

De tanto ela dizer isso, eu me via às vezes assim mesmo quando entrava em depressão. Indiozinho esquizofrênico.

E o editorial, nada. Como dizer no dia seguinte não deu para fazer? O meu filho berrou a noite toda, a minha mulher berrou a noite toda, esse galo aqui, ó, foi um cinzeiro enviado pela minha digníssima. Por que você não berrou também? A pergunta imaginada na boca do Sérgio ajudou a aumentar a depressão. Eu berrava, sim, naquela noite, mas por dentro. E o editorial não saía. Será que os outros não têm problemas em casa? Não têm mulher, filhos, vizinhos? Só eu? Como é na casa do Sérgio Marcos?

Olho da rua. Foi o que aconteceu. O algoz não foi o Sérgio Marcos Tupinambá, foi o próprio dono do jornal. Disseram que teve um acesso de cólera como nunca se viu. Por pouco o Sérgio não dança também. O jornal teve que esquentar na última hora uma matéria guardada nos arquivos do computador havia tempo. Preenchiam assim a ausência do jornalista cujo filho e cuja esposa choram muito. Esposa que joga cinzeiro na cabeça do marido, pespega-lhe palavras de baixo calão, deixa a travessa de macarrão cair no chão de propósito. Eu lhes tinha dito tudo isso? Tinha falado sobre o *Otelo*?

No *Werther* o narrador cita uma raça de cavalos que, quando muito estressados, abrem uma veia da pata com os dentes para diminuir a pressão. Pensei em fazer isso no Thiago e na Alice. Ou devia fazer só em mim?

(Imaginei para essa peça, mistura de Nelson Rodrigues e *Fausto*, um final que amarrasse o enredo.)

Décimo Segundo Ato

E um dia, após muita reflexão entremeada por beijos no livro do Goethe e lembranças de canções indígenas e de divindades da floresta amazônica que nunca devia ter abandonado — a Faculdade de Letras da Universidade Federal do Amazonas me ensinou outras coisas, como o *Werther* —, tomei a decisão. Decisão que eu sabia séria e grave. Eu não dava para aquilo. Este não era o meu mundo. E se já tinha gente dizendo que eu era doido mesmo!

Abandonei tudo. Não morri, não matei, não roubei, apenas sumi. Devo ter de fato um pouco das neurastenias tão citadas por Alice. Eu sabia que burra ela não era. E as minhas dores de cabeça nunca me largaram para valer.

Moro há cinco anos numa cidadezinha da Amazônia peruana, perto da fronteira com o Brasil, no Acre. Vou com frequência a Cruzeiro do Sul papear em português. Desapareci no mundo. Trabalhei em supermercado, fui garçom de um restaurante por um ano e meio, garimpeiro, faxineiro. Minha família de Manaus acabou me localizando após quatro anos. Indiozinhos comedores de gente! Mas se comprometeram a não dizer onde eu estava, fingiam que também não sabiam.

Loucura tribal coletiva. Eles me obrigaram a entrar em contato com o Rio de Janeiro há um ano. Dizem que, com o atual quadro clínico, eu deveria confessar os pecados. Meus parentes são todos cristãos.

Alice ficou aliviada em saber, cinco anos depois, que eu estava vivo. Eu lhe telefonei num dia de depressão. Ela fizera, na época, buscas incessantes em hospitais, necrotérios, asilos psiquiátricos, polícia federal, no Itamaraty, e por aí. Fui considerado como desaparecido. Ela descobriu, na polícia, que no Brasil centenas de pessoas simplesmente somem. Dezenas por dia. Muitos para sempre.

Thiago foi um amor. E me compreendeu. Falo com ele todos os dias ao telefone. Nos primeiros telefonemas chorava dizendo querer me ver, depois as chamadas foram se tornando um jogo afetivo. A gente ri e conta piadas. Para Alice eu passei a enviar e-mails com frequência. Meu celular está programado para não mostrar a origem da ligação. Mas, se ela quisesse, teria conseguido me encontrar de uma maneira ou de outra, mas no fundo não queria. Pelo menos acho. Alice nunca me amou. E eu a amei?

Não me perdoarei jamais por não ter versado pensão para o Thiago. Sou mesmo um monstro. Mas me arrependo e peço perdão. Existe perdão para o meu caso?

Pelos seis anos do Thiago comprei um computador. Ele adorou. Recebeu em casa via correios. A tecnologia aproximou as pessoas, mas também afastou fisicamente, é estranho. Acoplei uma webcam na máquina. Thiago, ajudado pela mãe, me vê sempre e posso acompanhar o crescimento do bichinho. Ele está meio com cara de índio, puxou os traços da minha família. Mas parece sempre feliz. Indiozinho é assim. Administra a emoção. Soube pelos sites de relacionamento da internet que Alice Mariana casou, consta que já conhecia o cara quando morava comigo. Desde a minha partida passou a trabalhar numa multinacional de cosméticos. Ela não é como o Thiago. Meus ancestrais conhecem um tipo de afeto a distância. Bem antes da existência dos computadores. Lá se foram anos e anos. Por que fiz isso?

Vivo sozinho, tipo solteirão maníaco, as únicas distrações são ouvir os ruídos da selva e ler o *Werther*. Mas o próximo passo é ir encontrar muito em breve o Thiago, pedir-lhe perdão, encher de beijos o seu rostinho e ouvi-lo me chamar de papai. Já estou com a passagem comprada. Pedir desculpas a Alice. De joelhos. Dizer-lhe que ela tinha razão. Fui egoísta, ensimesmado e preconceituoso. Mas, no fundo, para esconder o medo de ser discriminado pelas minhas origens. E, de fato, querida Alice Mariana, os médicos de Cruzeiro do Sul detectaram um problema neurológico que me acompanha desde os dezoito anos, disseram. O quadro vem se agravando muito.

*

O Fausto, o meu Fausto de Sá Sintra, propôs, no final da leitura, que se criassem novas cenas buscando mostrar que o personagem perdera a razão e tangenciava a insânia. Ele temia pelo texto, pois esse final podia ferir suscetibilidades, já que Alain, o pai, tivera uma atitude desprezível com o filho. O público não ia gostar, devíamos também pensar nele.

— Consigo voar. Só não voo porque não quero. Tenho asas escondidas no corpo, aqui dos lados, abro elas se precisar.

Fausto propôs tiradas desse gênero. Alain vagando pelas ruas de Cruzeiro do Sul ou do Rio de Janeiro, sem rumo, catando palitos de fósforo na sarjeta ou alertando os transeuntes sobre o fim do mundo estar próximo.

Se a gente escrever pensando no que vão dizer, pode ter certeza de que não sairá coisa boa, eu disse a ele. O nosso papel, no caso, é compor. Gostem ou não. Achei, então, desnecessário e deixamos o final original. Assim o texto e as falas do Alain e da Alice se aproximam mais das minhas leitura e adaptação do Goethe.

— Mas o público conhece a obra do autor?

Se o espectador conhece o Goethe? Não necessariamente, moça. Mas quer ele saiba quer não, tem uma memória armazenada, acaba fazendo análises comparativas com outras peças sem querer. Viu peças na televisão, na escola, na vida, nos comentários, nos bares.

O Fausto de Sá Sintra, não demorou muito, inventou uma Alice para si próprio. Uma estudante de Direito. O porteiro diz que ela é linda, deve ter um metro e oitenta, ainda segundo ele. Da altura do Fausto. É diferente da Alice na cor, ela é negra. Coincidência ou não, também se chama Alice.

Décimo Terceiro Ato

Lembro bem que foi domingo.

— Foi no domingo passado.

Ah, é? Me parecia que tinha sido há vários domingos.

— Não, foi há quatro dias, hoje é quinta-feira.

Pois é. O Fausto prometeu uma surpresa. Uma peça nova. Eu tinha lhe falado do *Mefistófeles*, que apresentei com o meu marido, na época ainda namorado. A apresentação tinha como fundo musical a ópera de Wagner baseada no *Fausto* de Goethe. Era essa a peça que o meu ator preferido, Fausto de Sá Sintra, ia representar só para mim na Sala de Espetáculos Ifigênia de Sá Sintra, no trezentos e dezoito. Fiquei lisonjeada com a ideia e o presente. Ele me mostrou o DVD da ópera de Wagner comprado na lojinha aqui perto, na Praça Serzedelo Correia, obra referida por mim, como disse.

— O seu nome tem a ver com teatro, não é?

Se o próprio nome dele o levou para o teatro e para Goethe? Acho que sim. Além disso li para ele passagens da peça *Meu Fausto*, do Valéry, do livro do Puchkin e do romance *Doutor Fausto*, do Thomas Mann.

Já falei há pouco sobre essas leituras para o meu Fausto, não?

— Já.

Então. Não sei se os pais dele gostavam de teatro. Fausto nunca tocou no seu passado, fora o acontecimento com a irmã Ifigênia, como também já falei. Se recusa a falar da infância e da adolescência. Se toco no assunto, ele levanta e vai embora para casa, como já disse.

Apertei a campainha do trezentos e dezoito como de costume. Ouvi algo diferente, vozes estranhas. Ao fundo, a música de Wagner. Fausto abriu a porta com o sorriso de sempre e a frase de abertura do espetáculo.

— Oi, irmãzinha, chegou na hora certa. Sete horas em ponto. Deixa eu dar um beijo longo nesse rostinho branco.

Vi gente. Senti tontura, os olhos ficaram turvos, o chão desapareceu. Não conseguia falar. Só me veio uma tirada — saiu de forma automática — de uma peça baseada também no Goethe que apresentamos no Teatro Municipal do Rio de Janeiro nos anos cinquenta. É da sua biografia *Poesia e verdade, lembranças da minha vida*.

Como que guiados por espíritos invisíveis, correm os luminosos corcéis do tempo, conduzindo o leve carro de nosso destino, e a nós resta, apenas, possessos, segurar as rédeas a fim de evitar um obstáculo de um lado, uma queda de outro. Para onde vai? Quem sabe? Se mal se lembra de onde veio.

Ouvi uma estrondosa e pomposa salva de palmas e gritos de "bravo". Havia cinco jovens sentados no chão.

— Te apresento os atores do *Mefistófeles*, que vamos apresentar agora em tua homenagem — disse Fausto, olhando para meus lábios.

Os jovens foram se levantando, um a um, e se apresentando.

— Sou Alexandre Augusto, vou fazer Mefistófeles. Fausto sucumbirá às astúcias do diabo? Meus respeitos, Frau Eugênia Fernanda de Castro Neves.

— Sou Adelita, vou fazer Helena de Troia. Não se fie na minha beleza clássica, Fausto. Meus respeitos, Frau Eugênia Fernanda de Castro Neves.

— Sou Alice. Farei Gretchen. Fausto venderá a alma ao diabo? Meus respeitos, Frau Eugênia Fernanda de Castro Neves.

— Sou Dália Cristina. Vou representar Marta. Fausto é um novo Prometeu? Meus respeitos, Frau Eugênia Fernanda de Castro Neves.

— Sou Leila. Vou fazer uma bruxa na Noite de Santa Valburga. As forças do mal definem a condição humana? Meus respeitos, Frau Eugênia Fernanda de Castro Neves.

— E eu, Fausto, vou representar o Fausto. Meus respeitos, minha irmãzinha. E obrigado por tudo.

Sentei na poltrona, exausta. Muda. Perplexa. Estava sonhando? A cena era real? Esses jovens existem mesmo? Fausto me enganou? Vendeu-se? Traiu? Não era um pacto apenas entre nós dois? Por que trazer pessoas estranhas à Sala Ifigênia de Sá Sintra, ao nosso teatro, à nossa arte, ao nosso ninho? Meu peito doía, um ressaibo acre azedava o pensamento. Vi cenas, imagens conflituosas dessas pessoas, a vida desses intrusos, sonhei acordada.

Décimo Quarto Ato

Homem de costeletas brancas lendo um livro no sofá.

HOMEM

Sair com o Artêmio, prezada Adelita, é mais uma das tuas paranoias sendo mal resolvidas.

Mulher em pé, de óculos, cabelos castanhos escorridos, muito branca, roupas folgadas e rasgadas nos joelhos.

ADELITA

Mal resolvidas por quê? Você não disse que o que me interessa aqui nesta casa é a grana?

HOMEM

Porque o problema não é enfrentado. Você não gosta do Artêmio. Sai com ele só para me deixar enciumado. E você quer que eu me enerve e bata na sua cara como das outras vezes.

Música em alto volume invade o cenário do palco. Adelita cai de joelhos. Chora.

ADELITA

Mas eu quero gostar dele, Armando, entende, quero gostar dele.

HOMEM

Você vê em mim, no seu inconsciente, o pai que não teve. Tua vida não é vida.

O homem desliga o aparelho de som e se retira da sala. Adelita bate várias vezes com a cabeça na parede e chora compulsivamente. A luz do palco se apaga.

Décimo Quinto Ato

Dois jovens vestidos com uniforme vinho discutem em voz alta. Cenário de bar. Rapaz alto, moreno, corte de cabelo ao estilo militar.

RAPAZ ALTO

Você repete sempre o que eu digo. E encontra paz nas minhas explicações.

Rapaz de cabeça raspada, braços tatuados, baixa estatura, musculoso, branco.

RAPAZ DE CABEÇA RASPADA

O que eu digo não é o que você diz, não, Alexandre Augusto, não é, não. Falo o que aprendi na minha religião. Honestidade e ética.

Uma moça se maquiando. O batom vermelho vivo contrasta com a pele alva e os cabelos negros anelados. A discussão entre os dois rapazes continua.

RAPAZ ALTO

A voz do amor. O desejo trazido pela linguagem, a linguagem exprime o desejo. Amor e paz. É o que aprendi na minha religião. E você é só violência.

RAPAZ DE CABEÇA RASPADA

Não desejar a mulher do próximo. Esse mandamento da minha religião eu conheço. E você fica dando em cima da Dalvinha. O que aprendeu da religião é da boca para fora.

Alexandre Augusto se afasta. O outro jovem puxa-o pelo ombro.

RAPAZ DE CABEÇA RASPADA

Qual é, Alexandre Augusto, está com medo?

Punhal reluzente surge na mão do rapaz de cabeça raspada. Alexandre Augusto cai manchado de sangue. A jovem deixa cair o batom e se aproxima, perplexa, do corpo estendido. Sirenes de carro de polícia. As luzes do palco se apagam.

Décimo Sexto Ato

Mulher conversa com homem idoso e gordo. Os dois estão sentados em poltronas frente a frente. Sala repleta de quadros. O homem fuma cachimbo. A mulher, negra, cabelos estilo afro, altos, aponta o dedo para o senhor idoso.

MULHER

Quero que você me julgue, vá, me julgue.

HOMEM IDOSO

Pois se olhe no espelho, Dália Cristina.

Ela obedece e se aproxima do grande espelho. Retoca a maquiagem.

HOMEM IDOSO

O pacto com o diabo você o fez com o objetivo de ser repreendida. Joga assim a culpa nele e se exime de pecado. Mas, em nome do entendimento, aceita ser condenada. A sua liberdade de escolha está salva.

Dália Cristina vira-se e levanta a voz.

MULHER

Pois profira a minha pena. Me formei, produzo conhecimento, ganhei força.

HOMEM IDOSO

Mas não é feliz.

MULHER

Por isso estou aqui.

HOMEM IDOSO

Esse seu poder é sugado pela tentação. Sua liberdade levou ao mal. Sua escolha levou ao crime.

MULHER

A sentença. Exare a sentença.

HOMEM IDOSO

O desaparecimento. O distanciamento dos seus amores. Renegue a sociedade. Afaste-se dela ou a sociedade se encarregará de o fazer.

Holofote incidindo sobre o rosto atônito da mulher.

Décimo Sétimo Ato

Mulher olhando o mar. Imagens de ondas passando em tela exposta no fundo do palco. Cabelo alourado pelo sol amarrado em rabo de cavalo. Pele bronzeada. Bermuda e parte de cima do biquíni.

MULHER

Eu, Alice, vou tentar mudar. Ser outra. Prometo, pai.

Voz em off pelo alto-falante.

VOZ

Tuas cartas são incompreensíveis. Leio-as por obrigação parental. São automatismos gráficos do tipo que estudamos em Seminários.

MULHER

Busco a sonoridade das palavras. É por isso.

VOZ

Você nada mais é do que uma doente. Só isso.

MULHER

Mas as deformações das minhas frases trazem pedido de socorro. Pedem afeto e amor.

As imagens das ondas na tela vêm acompanhadas de som muito alto. Ondas violentas.

VOZ

Mas aqui a esta casa você não voltará nunca mais, Alice.

Imagem congelada de uma onda. Insinuação de suicídio. As luzes do palco se apagam.

Décimo Oitavo Ato

Mulher deitada no quarto. Penumbra. Fala com um rapaz sentado ao lado. Ela passa as mãos sem parar nos cabelos curtos. Pele morena. Olhos verdes.

MULHER

Busquei sempre o prazer, reconheço. Traí Deus, preferi as delícias do diabo.

RAPAZ

Não há perdão para os seus pecados, Leila. As forças do mal a corromperam.

MULHER

Mas eu não sabia o que fazia. Delirava, alguém viu e pode testemunhar.

Cena na cozinha. Leila lava a louça. O homem está de pé, encostado na pia. Com um pano enxuga um prato. Rádio ligado, notícias e música se alternam.

RAPAZ

Você não enxerga, Leila, as críticas que fazem ao seu comportamento. Críticas que também faço.

MULHER

É que não sou eu, é outra pessoa que comete os crimes.

RAPAZ

O real não existe para você, Leila. Você só terá jeito na morte.

Luz direcionada ao rosto de Leila, lívida. Luzes se apagam no palco.

Décimo Nono Ato

Não sei quanto tempo permaneci em pé na Sala Ifigênia de Sá Sintra imaginando cenas e o destino das pessoas ali na minha frente. Eles continuavam sentados.

Tive vontade de vomitar. Tirei um lenço da bolsa, cuspi com discrição no pano bordado com meu nome. Só percebia olhos estáticos, de todas as cores, me fixando. Fausto não dizia uma palavra. Dirigi-lhe um olhar de interrogação e súplica.

— Manda essas pessoas embora, Fausto, ainda dá tempo, por favor, manda embora.

A frase não saiu e ele não entendeu, ou não quis entender.

— Vou até o botequim rapidinho, buscar cerveja e refrigerante. Esqueci de comprar — foi o que preferiu dizer.

A porta bateu atrás dele. Andei como uma sonâmbula e me aproximei da cômoda de fórmica. Abri a gaveta. Os jovens continuavam calados. Um ou outro dizia algum monossílabo baixinho. Sem que vissem, empunhei o revólver mantendo as mãos escondidas dentro da gaveta. Enfiei as seis balas sempre cuidando para que ninguém percebesse. Virei teatralmente, me imaginei no palco do Municipal.

A ópera de Wagner preenchia o teatro. O cheiro acre do escapamento dos carros na Avenida Nossa Senhora de Copacabana invadia o trezentos e dezoito. Apontei a arma para os cinco. No início foi o espanto, do espanto fez-se o pânico.

Vigésimo Ato

O primeiro tiro pegou na barriga do Alexandre Augusto. Ele contraiu o rosto, esbugalhou os olhos, segurou o ventre com as duas mãos, olhou para mim, para as amigas, voltou os olhos para o abdômen já ensanguentado. Uma das meninas se pronunciou, tranquilizadora:

— É teatro, gente. Só pode ser.

O corpo do Alexandre ruiu. O rosto, ao bater em cheio no assoalho, se emoldurou de sangue. Aos meus ouvidos chegavam choros e gritos, nãos, por favor, Nosso Senhor Jesus Cristo, Nossa Senhora, Deus me ajude, socorros e ais.

O segundo tiro acertou o peito de uma das meninas. Ela caiu sobre o Alexandre. Parecia abraçá-lo. Treinavam o corpo para a próxima peça. As pernas da jovem tremiam. Por quê? Ela tentava dizer alguma coisa, mas o sangue, saindo por golfadas da boca, impedia qualquer articulação verbal. Não saíam palavras, só cuinchos.

As outras três deitaram no chão com os cotovelos protegendo a cabeça e pedindo clemência.

— Não, pelo amor de Deus, não atira. Tenho família. Quero viver. Por favor, Dona Eugênia, por favor.

Aquela referência à família me exasperou, não sei, algo assim, como se enfiassem uma agulha de crochê no meu peito. Me aproximei, o revólver em punho, visei o lado esquerdo, a bala ia até o coração. Já tinha vivido uma cena parecida em uma peça levada num teatro de Petrópolis. O ator com quem eu contracenava punha o cano de uma espingarda nas minhas costas, eu estendida no chão, o aço frio pressionando o meu dorso nu, e dizia friamente:

— Vou atirar na parte esquerda das suas costas, do lado do coração. A senhora não vai sofrer.

Logo um estampido seco troou e as luzes do palco se apagaram. Agora era parecido.

— Piedade, Dona Eugênia, piedade.

Dei um tiro nas costas da jovem que vestia uma camiseta rosa. Ela mal se mexeu. Tom sobre tom. O sangue estuante coloriu a camiseta em dégradé. Uma das jovens, a de blusa branca, gritou, um grito muito forte, um urro. Despertei. Olhei para o revólver, sonolenta, ela correu para o banheiro e se trancou. A última, de saia preta muito curta, camiseta vermelho-sangue apertada, levantou e fez menção de se jogar sobre mim. Mas estancou diante do cano ameaçador. O diálogo foi curto.

— Afaste-se da minha vida, menina infeliz.

— A senhora é louca, Dona Eugênia.

A jovem parou por aí. O tiro foi no pescoço. Ela caiu, silenciosa, no sofá. Sua intimidade, encoberta por fino tecido branco com rendas, se exibia, lasciva. Cores, a música de Wagner e o fedor do escapamento dos carros se embaralhavam.

Vigésimo Primeiro Ato

Ouvi batidas na porta. Pensei em ocultar a parte íntima da jovem caída no sofá, a saia, curtíssima, não descia. Eu não queria que Fausto visse.

As batidas fortes na madeira continuavam. Logo arrombaram a porta. Fausto e dois vizinhos entraram esbaforidos. Todos se jogaram sobre mim, o ombro direito está roxo até embaixo. Fausto deu um berro aterrador. Na queda trinquei o braço e a perna direita. Não sei quando vou tirar esse gesso. Tenho consciência, principalmente, assim, quando descrevo as cenas, do que fiz. Mas na hora não estava no meu estado normal.

— A senhora se arrepende?

Se me arrependo? Claro que sim. Mas o Fausto, de uma certa maneira, é o culpado. Devia ter me consultado antes. Eu sempre fui a plateia e a atriz exclusiva dele. Por que mudar as regras do jogo? Não sei se as meninas e o menino estão muito feridos.

— Três morreram. O rapaz está em coma, e uma se salvou, a Dália Cristina.

Meu Deus. Então eu sou uma assassina?

— E, para a polícia, foi um crime premeditado e sem dar chance para as vítimas.

Como premeditado se eu nem sabia que essas pessoas iam invadir a nossa sala de espetáculos? E o Fausto, por que até agora não veio me visitar? Já mandei e-mail e ele não responde.

— Ele está em estado de choque no hospital. A pressão arterial subiu muito. Seu pai veio de São João de Meriti e está com ele no quarto.

Seu pai?

— É. O pai dele.

E o que vai ser de nós?

— A senhora está aqui presa. Por conta da sua idade, a prisão é domiciliar. Mas tem um policial aí fora vinte e quatro horas por dia. O julgamento final será no próximo mês. Se a senhora for considerada doente do ponto de vista neurológico, a pena será a internação num asilo. É a hipótese mais provável.

O Retiro dos Artistas em Jacarepaguá? Estou perguntando porque um outro asilo para onde me levaram um dia era horrível. Foi o filho de um colega da trupe do João Caetano quem me levou. Ele me chamava de mamãe. Foi logo depois de eu ter tido uma crise de ausência, não sabia onde estava, nem quem eu era, a boca ficou ligeiramente torta até hoje.

— Mas você está bem aqui, mamãe. São pessoas como a senhora aqui internadas.

— Parece mais um depósito de carne humana.

— Não diga isso, mamãe. Todos são tratados com dignidade, a clínica é boa, tem conforto no quarto, médicos, enfermeiros, você nunca mais vai esquecer de tomar seus remédios nem vai se confundir com as pílulas.

— Mas vou poder sair quando quiser?

— Claro. É só telefonar que alguém vem buscar a senhora.

— Telefonar.

— É, mamãe. Telefonar. Eu sou responsável pela internação.

— Internação?

— Ingresso na casa, melhor dizendo, ingresso. Eu sou o responsável pelo ingresso, mas não pela autorização de saída.

— A minha preocupação não é a saída para passear, meu filho. É para ensaiar no teatro. Tenho peças para atuar em breve.

Por isso pergunto agora. É do tipo Retiro dos Artistas em Jacarepaguá?

— Não. É uma instituição de outra ordem. A senhora gostaria de dizer mais alguma coisa?

Gostaria. Os homens padeceriam de penas bem menos intensas se não dedicassem todo o poder da imaginação a lembrar sem cessar dos seus males, em vez de tornar mais suportável o presente. Do Tartufo. E tenho certeza que o Fausto logo estará aqui comigo. Ele me chama de irmãzinha. Sou parte física dele. Ele não pode viver sem mim. Não vai demorar para que eu ouça seus passos no corredor. É o ator Fausto de Sá Sintra me convidando para mais um espetáculo teatral na Sala Ifigênia de Sá Sintra, no trezentos e dezoito.

Este livro foi composto na tipologia Palatino LT
Std, em corpo 11/16,5, e impresso em
papel off-white 90g/m² no Sistema Cameron da
Divisão Gráfica da Distribuidora Record.